12 Février 1896.

P

Le Barbier de Tinan

OBJETS D'ART

CATALOGUE

DES

OBJETS D'ART

ET

DE CURIOSITÉ

DE LA RENAISSANCE

INTÉRESSANTE COLLECTION DE GAINES EN CUIR

DES XVe, XVIe ET XVIIe SIÈCLES

IVOIRES, BRONZES

Faïences italiennes et de Palissy

ÉMAUX DE LIMOGES

Objets variés — Meubles — Étoffes

TAPISSERIES

DONT LA VENTE AURA LIEU

HOTEL DROUOT, SALLE N° 11

Le Mercredi 12 Février 1896

à 2 heures

COMMISSAIRE-PRISEUR	EXPERTS
Me PAUL CHEVALLIER	**MM. MANNHEIM Père et Fils**
10, rue Grange-Batelière, 10	7, rue Saint-Georges, 7

EXPOSITION PUBLIQUE

Le Mardi 11 Février 1896, de 1 heure 1/2 à 5 heures 1/2

CONDITIONS DE LA VENTE

Elle sera faite au comptant.

Les acquéreurs payeront *cinq pour cent* en sus des adjudications.

L'exposition mettant le public à même de se rendre compte de l'état et de la nature des objets, aucune réclamation ne sera admise une fois l'adjudication prononcée.

Paris. — Imp. de l'Art. E. Moreau et Cie, 41, rue de la Victoire.

DÉSIGNATION DES OBJETS

CUIRS

1 — Grand étui de forme presque cylindrique avec anneaux d'attache disposés latéralement, en cuir noir gaufré et gravé, décoré sur le couvercle d'une rosace et sur le pourtour de deux écussons aux armes des Aldobrandini, de rinceaux et de bandes verticales ornées. Italie. xve siècle. — Haut., 31 cent.

2 — Grand étui de forme presque cylindrique en cuir noir gaufré et gravé, décoré d'un lion héraldique, d'une chimère, de rinceaux et de zones horizontales ornées. Italie. xve siècle. — Haut., 30 cent.

3 — Coffret porte-missel en cuir noir gravé, à décor de rinceaux; pentures en fer interrompues par des rosaces. France. xve siècle.

4 — Étui pour goupillon en cuir noir gaufré et gravé, à décor de rinceaux et de chimères. Italie. XVe siècle.

5 — Étui de forme cylindrique avec anneaux d'attache en cuir noir gaufré et gravé, à décor de cartouches et de rinceaux. Italie. XVe siècle.

6 — Étui de forme cylindrique en cuir noir gaufré et gravé, à décor de lions héraldiques avec écusson armorié sur le couvercle. Italie. XVe siècle. Il contient une petite horloge en bronze gravé et doré, à décor de bustes et feuillages du XVIe siècle, avec un mouvement de montre signé : *Cabrier, London, 1590*.

7 — Étui pour trousse à deux compartiments avec anneaux de suspension latéraux en cuir noir gravé : sur le couvercle, deux écussons armoriés; sur le pourtour, des bandes verticales de rinceaux et de feuillages. Italie. XVe siècle.

8 — Étui à deux compartiments couvert de cuir noir gaufré et gravé, présentant sur le couvercle un lion héraldique et une chimère, et au pourtour, des rinceaux et des bandes verticales ornées. Italie. XVe siècle.

9 — Étui pour trousse avec anneaux d'attache en cuir noir gaufré et gravé, présentant un cartouche armorié surmonté des initiales *I.C* et placé au-dessus d'un oiseau. Italie. xve siècle.

10 — Boîte de forme allongée couverte de cuir noir gaufré et gravé, à décor de feuillages avec écusson armorié au milieu du couvercle. Italie. xve siècle.

11 — Écrin pour custode en cuir noir gaufré avec traces de dorure, décor de feuillages. Commencement du xvie siècle. Il contient une custode en cuivre doré.

12 — Écrin pour custode en cuir noir gaufré, décoré d'un lion héraldique, d'une chimère et de rinceaux. Italie. xve siècle.

13 — Étui cylindrique en cuir noir gravé, présentant sur le couvercle le monogramme du Christ et sur le pourtour des lettres gothiques. France. Fin du xve siècle.

14 — Étui de forme aplatie en cuir noir gravé, présentant sur ses faces le monogramme du Christ au milieu de rinceaux et sur le couvercle des lettres gothiques. France. Fin du xve siècle.

15 — Boîte de forme cylindrique en cuir noir gaufré, offrant sur le couvercle un écusson armorié timbré d'un casque au milieu de rinceaux; pourtour également orné de rinceaux. Fin du xve siècle.

16 — Étui d'écrivain en cuir vert foncé, doré aux petits fers, à décor de rosaces, d'arcades et de pendentifs avec fleurs de lis aux extrémités et initiales *P. D.* séparées par une plume et une couronne. France. xvie siècle.

17 — Étui pour trousse en cuir noir gaufré et partiellement doré, à décor de guerriers armés à l'antique et de rosaces dans des compartiments en forme de losanges. France. Fin du xvie siècle.

18 — Étui pour trousse en cuir noir ajouré, gravé et partiellement doré, à décor de têtes humaines, de bonnes fois et de rinceaux. Italie. Commencement du xvie siècle.

19 — Pulvérin en cuir noir gaufré, à décor d'animaux et de rinceaux; monture en fer. xvie siècle.

20 — Pulvérin en cuir noir gaufré, à décor de gros godrons surmontés d'une frise ornée d'un cartouche et de rinceaux et bordée de feuillages. xvie siècle. Monture en fer.

21 — Étui ovale pour cuillère pliante en cuir noir, gaufré et gravé, à décor d'inscriptions et de rinceaux. Commencement du XVIe siècle.

22 — Étui de forme allongée en cuir noir gaufré, à décor de rinceaux. XVIe siècle.

23 — Écrin plat de forme hexagonale, avec anneaux d'attache en cuir noir : il contient un cadran solaire en bronze, daté 1549. XVIe siècle.

24 — Petit étui en cuir noir contenant une trousse de dentiste. XVIIe siècle.

25 — Boîte de forme haute en maroquin rouge doré aux petits fers, à surface couverte d'entrelacs, rinceaux et fleurettes. France. Fin du XVIe siècle.

26 — Boîte de forme plate et allongée, en maroquin rouge doré aux petits fers, entièrement couverte d'entrelacs, de rinceaux et de fleurettes. France. Fin du XVIe siècle.

27 — Écrin cylindrique en maroquin rouge doré aux petits fers, à décor de rosaces et de bordures ornées ; monture et anneaux d'attache en cuivr

doré. France. Fin du xviie siècle. Il contient une horloge en bronze doré du commencement du xviie siècle.

28 — Écrin de forme carrée en maroquin rouge doré aux petits fers, à décor de bordures ornées, couvercle de cuivre doré. France. Fin du xviie siècle. Il contient une horloge du commencement du xviie siècle, en bronze doré, ornée, sur les côtés, d'arcades gravées.

29 — Baguier en forme de coffret oblong, à couvercle bombé, en cuir noir doré aux petits fers, à fleurettes et rosaces. xviie siècle.

30 — Boîte ronde en cuir noir gaufré et gravé, du temps de la Régence : motifs rocaille et quadrillés.

31 — Boîte plate oblongue à couvercle légèrement bombé, en maroquin rouge doré aux petits fers : rosace centrale et bordure de dentelle entremêlée de petits oiseaux. Elle présente au revers trois couronnes royales. France. xviiie siècle.

32 — Boîte à jetons en forme de livre en maroquin

rouge doré aux petits fers, à bordure de dentelle et ayant pour titre : *Passe-Tems agréable ;* elle contient trois autres boîtes, simulant aussi des volumes à reliure-mosaïque et intitulés *la France*, *le Prince Charles* et *la Reine de Hongrie;* ces boîtes sont remplies de jetons en os marqués en louis. France. XVIIIe siècle.

33 — Étui plat ovale en cuir noir doré aux petits fers, à décor de fleurs de lis semées. France. XVIIIe siècle. Il contient une miniature sur cuivre : portrait de femme, du temps de Louis XIV, et une série de petits médaillons en mica, décorés de vêtements et de coiffures peints ; leur superposition sur la miniature permet de l'habiller de divers costumes.

34 — Tabatière en cuir noir gaufré et gravé, à motifs rocaille en forme de chaudron de postillon. Époque Louis XV.

35 — Tabatière en cuir noir gravé, à décor de coquilles et à motifs rocaille en forme de chaudron de postillon. Époque Régence.

36 — Petit nécessaire de dame dans un écrin, du

temps de Louis XVI, en forme de livre, en maroquin rouge, doré aux petits fers, à médaillons à fond vert ; le titre du volume est : *Œuvre chrétienne ;* il contient deux petits flacons en verre et un calendrier pour l'année 1774.

37 — Brosse dans un étui cylindrique en cuir fauve, doré aux petits fers et présentant une fleur de lis. XVIIIe siècle.

38 — Petit nécessaire de dame dans un étui en maroquin doré aux petits fers, à décor de fleurettes semées. XVIIIe siècle.

IVOIRES

39 — Bas-relief en ivoire sculpté : le Christ crucifié ; au pied de la croix, la Vierge et saint Jean ; au-dessus de chaque branche de la croix, un ange vu à mi-corps. XIe siècle.

40 — Boîte de miroir en ivoire sculpté, décorée de quatre groupes de personnages : sujets galants avec animaux chimériques au pourtour France, XIVe siècle.

41 — Petit diptyque en ivoire sculpté : sur l'un des volets, le Christ crucifié, la Vierge et saint Jean au pied de la croix ; sur l'autre, le couronnement de la Vierge ; ces deux sujets étant placés sous des arcades gothiques. France, XIVe siècle.

42 — Médaillon rond en ivoire sculpté : la Vierge debout tenant l'Enfant Jésus ; à ses côtés, deux anges portant des cierges. France. XIVe siècle.

43 — Bas-relief en ivoire sculpté : le Christ et la Samaritaine ; fond de paysage ; inscriptions latines sur la margelle du puits ; traces de dorure. Flandres. Fin du XVe siècle. Encadré.

OBJETS VARIÉS

44 — Reliquaire en forme de pyramide avec pied balustre en cristal de roche monté en argent. XVIe siècle. Écrin en cuir doré.

45 — Reliquaire de forme ovale et sur pied balustre en cristal de roche et cristal monté en or émaillé, argent doré et pierres de couleur. XVIe siècle. Écrin en cuir doré.

46 — Croix sur base hexagonale plaquée de nacre sculptée. XVIIe siècle.

47 — Deux flambeaux en argent repoussé, à tige colonnette torse séparée de la base par un plateau ; décor de fleurs, fruits, draperies et rubans. XVIIIe siècle.

48 — Cadre en bois sculpté, peint et doré, à décor de feuillages, fleurs et rinceaux. XVIIIe siècle.

49 — Petit cadre en bois sculpté et doré, à décor d'oiseaux, fleurettes et glands de chêne. XVIIIe siècle.

50 — Deux petits cadres en bois sculpté et doré, l'un à décor de feuillages, l'autre orné de rinceaux peints bleu.

51 — Haut-relief en marbre blanc : tête d'enfant. XVIIe siècle.

52 — Épée Louis XV à garde de fer ciselé et partiellement doré, à motifs rocaille et caducées ; la lame porte la mention : *La Roche à la tête noire sur le pont St-Michel à Paris*. Fourreau de cuir avec garnitures de fer doré.

FAIENCES

53 — Plat creux en ancienne faïence de Deruta, à décor bleu et à reflets métalliques : au fond, buste de femme ; marli orné d'imbrications et de fleurons.

54 — Plat creux, même fabrique, à décor polychrome : au fond, Ste-Famille ; au marli, imbrications et rinceaux.

55 — Vase en faïence d'Urbino, XVIIe siècle, à décor de rinceaux, têtes grotesques et médaillon orné d'un personnage ; anses formées de serpents avec mascarons en relief.

56 — Aiguière, même faïence, ornée de grotesques, têtes, draperies et médaillons à personnages ; anse-dragon.

57 — Plat rond en faïence d'Urbino, fin du XVIe siècle ; décor de grotesques dans des médaillons ovales ; écusson armorié au centre.

58 — Plat en ancienne faïence hispano-moresque, décor bleu et à reflets métalliques ; écusson armorié au centre, feuillages et rosaces au marli.

59 — Plat en ancienne faïence hispano-moresque, décor bleu et à reflets métalliques, analogue à celui du plat précédent; l'écusson armorié diffère.

60 — Plat à reptiles, de forme ovale, en faïence de Palissy.

61 — Plateau ovale à bords festonnés en faïence de Palissy; cavité centrale avec décor rayonnant alentour.

62 — Plateau en faïence de la suite de Palissy : le Baptême du Christ.

63 — Plat ovale en faïence de la suite de Palissy : la Belle Jardinière.

64 — Plateau ovale en faïence de la suite de Palissy : Allégorie de l'Abondance.

65 — Plateau en faïence de la suite de Palissy : Persée et Andromède ; le piédouche manque.

66 — Plateau en faïence de la suite de Palissy : dieux marins ; à la chute, palmes et fleurettes.

67 — Plateau en faïence de la suite de Palissy, à décor de mascarons et feuillages.

68 — Compotier, même faïence : Diane et Actéon; fleurettes à la chute.

69 — Neptune sur un cheval marin, faïence de la suite de Palissy.

70 — Dauphin en faïence de la suite de Palissy.

ÉMAUX

71 — Plaque oblongue cintrée à la partie supérieure en émail peint de Limoges, attribuée à Nardon Pénicaud, fin du xve siècle : le Christ crucifié; au pied de la croix, la Vierge, saint Joseph d'Arimathie et autres saints personnages; fond de paysage.

72 — Plaque oblongue en émail peint de Limoges, attribuée à Jean I Pénicaud, commencement du xvie siècle : la Lapidation de saint Étienne.

73 — Plaque oblongue en émail peint de Limoges, attribuée à Couly II Noylier, milieu du xvie siècle : saint Léonard.

74 — Plaque en argent émaillé : la Vierge tenant l'Enfant Jésus sur ses genoux.

75 — Deux médaillons ronds à bords lobés en cuivre repoussé, champlevé et émaillé, présentant chacun un saint personnage assis ; fond de rinceaux; bordure ornée de basilics. Limoges. XIIIe siècle.

76 — Pied de croix en cuivre gravé et champlevé avec traces d'émail ; décor de rinceaux et d'animaux à têtes en relief. Limoges. XIIIe siècle.

77 — Bol en cuivre émaillé, à décor de rosaces sur fond blanc.

BRONZES

78 — Encensoir en bronze en forme de petit monument flanqué de tourelles et percé de nombreuses fenêtres. XIIIe siècle.

79 — Reliquaire en forme de maison en cuivre gravé et doré, à décor de rosaces et de quadrillés ; il est surmonté d'une croix. XVe siècle.

80 — Plaquette en bronze : la Cène. Travail italien.

81 — Boîte cylindrique avec couvercle en bronze, décor en bas-relief de rinceaux, d'amours sonnant de la trompe et de mascarons. Travail allemand. XVIe siècle.

82 — Aiguière et plateau rond en cuivre repoussé, à décor de rinceaux, palmettes, mascarons et écussons armoriés. Travail italien. Fin du XVIe siècle.

83 — Grand flambeau en bronze; tige en forme de colonnette cannelée; base circulaire décorée de canaux et d'oves. Italie. Fin du XVIe siècle.

84 — Mortier en bronze orné de sujets de chasse en bas-relief; anses dauphins. Italie. XVIIe siècle.

85 — Aiguière sur piédouche en dinanderie; anse et déversoir en forme d'animal chimérique.

86 — Trois chopes en bronze variées de dimensions et décorées chacune de deux écussons armoriés en relief.

87 — Mortier en bronze orné de bustes d'hommes.

88 — Pied de meuble en forme de chimère en bronze. Travail italien

89 — Chauffe-main de forme sphérique en bronze ajouré et incrusté d'argent, à décor d'arabesques. Travail vénitien.

90 — Gobelet en cuivre gravé, à décor d'animaux et d'inscriptions. Travail arabe.

MEUBLES

91 — Deux fauteuils en bois et cuir gaufré, à vases de fleurs et personnages. Travail portugais. XVIIe siècle.

92 — Deux chaises en bois et cuir gaufré, à fleurs, cartouche timbré d'une couronne et personnages. Travail portugais. XVIIe siècle.

93 — Glace dans un cadre en bois sculpté et doré, à décor de feuillages ; fronton à fleurs et tête d'oiseau. XVIIe siècle.

94 — Cadre en bois sculpté et doré, à décor de feuillages et de moulures.

95 — Deux colonnes torses en bois sculpté, à décor de branchages et grappes de raisin.

96 — Petit paravent à quatre feuilles en cuir gaufré, à décor de feuillages.

97 — Banquette en bois sculpté, ornée de panneaux du XVIe siècle, à draperies, mascarons et cartouches.

98 — Meuble en bois sculpté à deux portes ornées de figures, sur table support à colonnettes et fond plein.

TAPISSERIES

99 — Tapisserie flamande du xvie siècle présentant de nombreux vases contenant des plantes fleuries, avec oiseaux au premier plan ; bordures de fruits et de fleurs. — Haut., 2 m. 70 cent.; larg., 3 m. 30 cent.

100 — Deux tapisseries flamandes de la fin du xve siècle présentant de nombreux personnages vêtus de riches costumes à la mode du temps ; à la partie supérieure, bordure de feuilles dans des quadrillés. — Haut., 3 m. 25 cent,; larg., 2 m. 25 cent.

101 — Portière en tapisserie du commencement du xvie siècle : cortège de cavaliers portant de riches armures ; fond de paysage ; bordure de rinceaux et de feuillages. — Haut., 2 m. 62 cent.; larg.. 3 m 25 cent.

102 — Tapisserie du xvie siècle, à décor de feuillages et têtes d'animaux.

103 — Suite de deux tapisseries et d'un fragment de tapisserie du commencement du xviie siècle : le Festin des dieux, le Jugement de Pâris,

Junon et Minerve ; bordures de fleurs, oiseaux et médaillons à paysages sur fond jaune. — Haut., 2 m. 90 cent.; larg., 3 m. 45 cent. — Haut., 2 m. 95 cent.; larg., 4 m. 45 cent. — Haut., 2 m. 95 cent.; larg., 2 m. 15 cent.

104 — Enveloppe de cheminée formée de trois bandes d'ancienne tapisserie lamée de métal, à décor de feuillages.

ÉTOFFES

105 — Panneau en ancien velours ciselé, à dessin de palmettes sur fond marron.

106 — Couvre-lit en ancien satin vert à grands ramages.

107 — Quatre bandes en tapisserie au point, à décor de fleurs.

108 — Panneau en ancien brocart, à fond bleu.

109 — Deux petits tapis, l'un en peluche verte, l'autre en peluche jaune.

110 — Tableau en tissu velouté : portrait de vieillard. Encadré.

111 — Paravent à six feuilles en tapisserie au point et applications, décor de fleurs.

112 — Petit tapis d'Orient, à décor de palmettes sur fond rouge; bordure à fond bleu.

www.ingramcontent.com/pod-product-compliance
Ingram Content Group UK Ltd.
Pitfield, Milton Keynes, MK11 3LW, UK
UKHW022150260726
13993UKWH00005B/2268